Analyse de l'œuvre

Par Cosima Lumley

Ma cousine Rachel

Daphne du Maurier

lePetitLittéraire.fr

Analyse de l'œuvre

Par Cosima Lumley

Ma cousine Rachel

Daphne du Maurier

Rendez-vous sur lepetitlitteraire.fr et découvrez :

Plus de 1200 analyses
Claires et synthétiques
Téléchargeables en 30 secondes
À imprimer chez soi

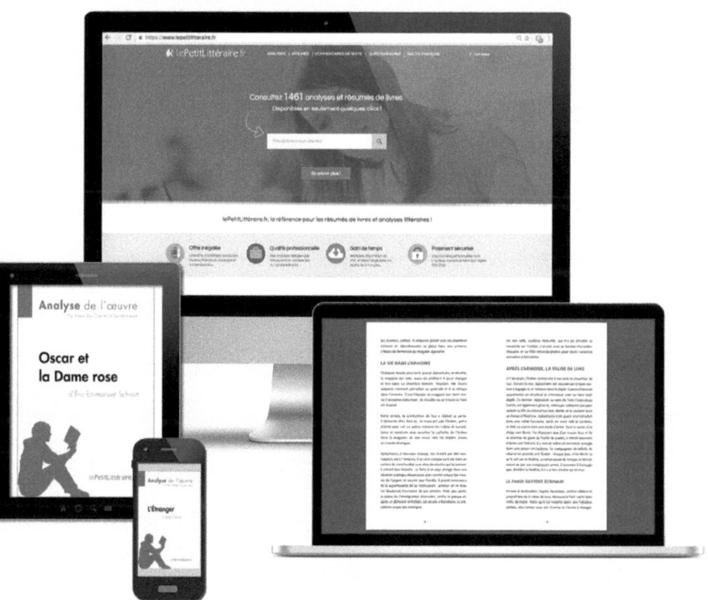

DAPHNE DU MAURIER

ROMANCIÈRE, NOUVELLISTE ET DRAMATURGE ANGLAISE.

- **Née à Londres en 1907.**
- **Décédée en Cornouailles en 1989.**
- **Travaux notables :**
  - *Rebecca* (1938), roman
  - *Jamaica Inn* (1936), roman
  - *Les Oiseaux* (1952), nouvelle

Daphne du Maurier est une auteure et dramaturge célèbre, connue pour ses thrillers et romans gothiques sombres. Elle est née en 1907 du riche et célèbre acteur-manager Sir Gerald du Maurier (1873-1934) et de la célèbre actrice Muriel Beaumont (1876-1957). Élevée en Cornouailles, elle a utilisé ses relations familiales pour se forger une carrière d'écrivain, publiant son premier ouvrage, *The Loving Spirit* (1931), alors qu'elle avait une vingtaine d'années. L'année suivante, en 1932, elle épouse un officier de l'armée britannique, Sir Frederick Browning (1896-1965), avec qui elle a trois enfants. Sa carrière littéraire s'épanouit et, en 1938, elle publie *Rebecca*, l'histoire d'une jeune mariée hantée par les souvenirs de la défunte épouse de son mari. Le succès est immédiat, le livre se vendant à près de 3 millions d'exemplaires au cours des 20 années suivantes et étant adapté en pièce de théâtre par Du Maurier, et en film par Alfred Hitchcock (réalisateur anglais, 1899-1980). Hitchcock choisit de mettre en scène non seulement *Rebecca,* mais aussi le roman *Jamaica Inn* (1936) et sa terrifiante nouvelle *The Birds* (1952). À ce jour, les œuvres littéraires de Du Maurier ont donné lieu à 13 adaptations cinématographiques et à plus de 40 dramatisations télévisées, et elles continuent d'être populaires à la fois comme œuvres littéraires et cinématographiques. Du Maurier est décédée en 1989, à l'âge de 81 ans, et a été reconnue pour sa contribution à la littérature anglaise en 1969 lorsqu'elle a été nommée Dame de l'Empire britannique.

MA COUSINE RACHEL

UN JEUNE HOMME S'ÉPREND DU COUSIN QU'IL SOUPÇONNE DE MEURTRE.

- **Genre :** roman
- **Edition de référence :** du Maurier, D. (1981) *Four Great Cornish Novels : Jamaica Inn, Rebecca, Frenchman's Creek, Ma cousine Rachel.* Londres : Victor Gollancz Ltd.
- **1ère édition :** 1951
- **Thèmes :** amour, maladie, meurtre, mariage, femmes, le double, culpabilité, folie.

Ma cousine Rachel est centré sur la relation entre le jeune et naïf Philippe et l'énigmatique veuve âgée de son cousin décédé, Rachel. Au départ, Philippe soupçonne Rachel d'avoir assassiné son cousin, Ambroise. Cependant, lorsqu'il la rencontre, il tombe amoureux d'elle et lui cède même son héritage, le domaine d'Ambroise. Par la suite, elle refuse de l'épouser et lorsqu'il tombe malade, il soupçonne qu'elle l'a empoisonné. Alors qu'il fouille ses chambres à la recherche d'objets compromettants, Rachel monte sur un pont instable dans le jardin et fait un plongeon mortel. Elle est retrouvée par Philippe qui appelle toujours Ambroise.

Comme *Rebecca*, le premier roman de Du Maurier, *Ma cousine Rachel* est un roman policier qui laisse le lecteur dans l'expectative jusqu'à la toute fin, et même alors, nous ne savons pas si Rachel est la victime ou l'auteure du crime. L'histoire a été inspirée par un portrait de Rachel Carew datant du XVIIe siècle que Du Maurier a vu à Antony House, en Cornouailles. Le roman a donné lieu à plusieurs adaptations, dont le film de Henry Koster en 1952 avec Richard Burton et, plus récemment, le film de Roger Mitchell en 2017 avec Rachel Weisz et Sam Claflin.

RÉSUMÉ

LE VOYAGE D'AMBROISE

Le roman commence après la mort de Rachel, alors que Philippe se penche sur les événements qui ont conduit à sa mort. Ses réflexions sur le passé, et la culpabilité qui en découle, l'amènent à raconter l'histoire d'amour tragique entre lui et Rachel. Il raconte comment, en tant qu'orphelin, il a été élevé par son cousin Ambroise Ashley, un célibataire qui se méfiait des femmes et qui a élevé Philippe dans un foyer entièrement masculin, ce qui l'a rendu naïf et inexpérimenté en ce qui concerne les femmes. L'histoire commence lorsque Ambroise quitte sa maison humide de Cornouailles pour des raisons de santé et se rend à Florence, en Italie. Philippe, âgé de 23 ans, reste en Cornouailles et a connaissance des escapades de son cousin en Italie par intermittence, via des lettres. Il apprend que son cousin a rencontré et épousé une charmante Italienne appelée Rachel, la veuve Contessa Sangalletti. Cependant, après le mariage, Ambroise tombe à nouveau malade et écrit à Philippe, laissant entendre que sa femme l'empoisonne et le suppliant finalement de venir le sauver.

UN SAUVETAGE INFRUCTUEUX

En apprenant la situation critique d'Ambroise, Philippe se rend immédiatement en Italie. Cependant, à son arrivée, il apprend que son cousin est mort et que Rachel a quitté la Villa Sangaletti où ils séjournaient. Bien qu'il soit informé qu'Ambroise est mort d'une tumeur au cerveau, Philippe soupçonne Rachel de l'avoir assassiné et jure de venger Ambroise. Lorsqu'il retourne au domaine d'Ambroise en Cornouailles, son parrain et désormais tuteur, Nick Kendall, lui annonce qu'il prendra le contrôle de son héritage, le domaine d'Ambroise, le jour de son 25ᵉ anniversaire. Il est également informé que Rachel est arrivée à Plymouth afin de livrer les biens d'Ambroise, et Philippe insiste pour qu'elle vienne séjourner au domaine d'Ambroise afin qu'il puisse la confronter. Il confie ses soupçons à Louise, la fille de Nick. Cependant, lorsque Rachel arrive, Philippe est surpris de la trouver petite et jolie au lieu de la figure monstrueuse et meurtrière qu'il avait imaginée. Ils se rapprochent par leur amour commun du jardinage et Philippe lui demande de ne pas retourner en Italie et de rester avec lui à la place.

LA FÊTE DE NOËL

Avec l'aide de Rachel, Philippe décide de célébrer Noël en organisant une grande fête sur le domaine pour tous les locataires, comme Ambroise avait l'habitude de le faire. Il décide également d'offrir à ses locataires les vieux vêtements d'Ambroise et à Rachel un héritage familial, un collier de perles traditionnellement porté par les femmes Ashley le jour de leur mariage. Cette nuit-là, Rachel embrasse Philippe, encourageant son affection. Cependant, en voyant le collier de famille sur Rachel, Nick Kendall, le tuteur de Philippe qui contrôle sa fortune puisqu'il n'a pas encore 25 ans, le réprimande pour cela et lui dit qu'il n'a pas le droit de donner les biens de la famille d'Ambroise. Philippe est furieux, cependant, Rachel le couvre, disant qu'il ne l'avait prêté que pour la fête de Noël et qu'elle avait l'intention de le rendre.

UNE LETTRE PEU RECOMMANDABLE

Pendant ce temps, un des locataires découvre une lettre dans un des vieux vêtements d'Ambroise, qui lui avait été offert à la fête de Noël. Il la remet à Philippe, qui découvre dans son contenu que Rachel a fait une fausse couche. La lettre fait également état des soupçons d'Ambroise concernant la relation entre Rachel et son confident italien Reinaldi, avec lequel il pense qu'elle a une liaison. De plus, il critique ses dépenses extravagantes. Il s'avère qu'Ambroise avait rédigé un testament qui laissait l'intégralité de ses biens à Rachel, mais qu'il ne l'avait pas signé en raison de ses soupçons. Suite à cette découverte, Philippe demande à son avocat de transférer les biens d'Ambroise à Rachel lorsqu'il aura 25 ans, pensant que c'est la bonne chose à faire. Cependant, sur l'insistance de son avocat, il ajoute une clause stipulant que la succession lui reviendra si jamais elle se marie. Lorsqu'il rentre chez lui, Reinaldi est là avec Rachel. Reinaldi traite Philippe avec condescendance, l'insulte et l'exclut de la conversation en parlant en italien, ce qui rend Philippe rancunier et méfiant à son égard.

L'ANNIVERSAIRE

Le jour de son 25e anniversaire, Philippe grimpe de nuit par la fenêtre de la chambre de Rachel, transportant tous les bijoux de famille dans une sacoche qu'il lui remet en disant qu'ils lui appartiennent désormais. Ils font l'amour cette nuit-là, et Philippe croit que Rachel a l'intention de l'épouser malgré le fait qu'elle ne lui ait pas fait de demande officielle. Le lendemain, Rachel se rend chez Nick Kendall pour vérifier la légalité du document de succession, et est assurée de son contenu. Au cours du dîner avec les Kendall, Philippe annonce ses fiançailles à Rachel, à son grand étonnement. Elle nie l'existence de ces fiançailles et dit à Philippe qu'elle n'a pas l'intention de l'épouser. Ivre et furieux, Philippe place ses mains autour du cou de Rachel et la supplie de l'épouser. Elle le fuit et s'enferme dans sa chambre.

LA MALADIE SUSPECTE

Après cela, Philippe devient malade et délire avec des maux de tête. Il se réveille des semaines plus tard et trouve Rachel assise à ses côtés. Il se souvient que Rachel l'a soigné au cours des dernières semaines, lui donnant d'étranges concoctions à boire, et il soupçonne qu'elle l'empoisonne comme elle a empoisonné Ambroise. Il découvre que Reinaldi est en Angleterre et que Rachel s'est éclipsée pour aller le voir de temps en temps. Cela renforce ses soupçons et il commence à croire que Rachel a un côté sombre dont il est sous l'emprise et qu'il doit donc la sauver de sa propre mauvaise nature.

LE PONT

À son retour de l'église, le contremaître dit à Philippe que le pont de la véranda est en cours de réparation et qu'il ne faut pas marcher dessus car il ne supportera aucun poids. Les Kendall viennent dîner ce soir-là et Philippe demande à Louise de rester avec lui afin qu'il puisse partager ses soupçons sur Rachel et qu'ils puissent fouiller ses chambres à la recherche d'objets incriminants. Pendant ce temps, Rachel dit à Philippe qu'elle va se promener dans la véranda, et après avoir réfléchi, Philippe décide de ne pas lui parler du pont. Louise et Philippe ne trouvent aucune preuve d'empoisonnement ou de méfait dans les chambres de Rachel, et Philippe se précipite sur la véranda pour empêcher Rachel de faire une chute mortelle, réalisant qu'il l'a surement mal jugée. Cependant, il est trop tard et Philippe trouve le corps mou et brisé de Rachel, qu'il berce dans ses bras. Dans son dernier souffle, elle lève les yeux vers lui et l'appelle Ambroise.

ÉTUDE DE CARACTÈRE

RACHEL ASHLEY

Rachel Ashley est l'anti-héroïne énigmatique du roman. Elle est décrite comme petite et féminine, avec de petites mains et des yeux fins, un bon sens de l'humour et une intelligence remarquable. Née d'un père anglais et d'une mère italienne, elle est élevée en Italie où elle épouse un noble italien, le comte Sangalletti. Cependant, lorsque Sangalletti est tué lors d'un duel, il laisse Rachel sans enfant et surendettée. Elle rencontre alors Ambroise à l'âge mûr de 35 ans et ils se lient autour d'une passion commune pour le jardinage avant de se marier. Cependant, Ambroise soupçonne rapidement qu'elle l'empoisonne et complote sa mort avec l'aide des médecins et de son ami italien, Reinaldi. Plus tard, après la mort d'Ambroise, Philippe tombe également amoureux d'elle. Mais, comme Ambroise, il la soupçonne de l'avoir empoisonné et la laisse tomber d'un pont instable, la menant vers la mort. Du Maurier ne dissipe jamais l'incertitude qui entoure Rachel, et comme Philippe, le doute obsédant, « Rachel était-elle innocente ou coupable ? » (p. 633), nous tourmente tout au long du récit. Son identité est en constante évolution, comme en témoignent les nombreuses réimaginations que Philippe fait d'elle : « une créature amère, revêche et vieille », « une Mrs Pascoe plus grande, à la voix forte et arrogante », « une poupée gâtée irritable, aux boucles en tire-bouchon » ou « une vipère, sinueuse et silencieuse » (p. 685). Ces ambiguïtés sont accentuées par le fait qu'il s'agit d'un récit à la première personne et que nous sommes donc limités aux yeux peu fiables de Philippe. Les multiples identités de Rachel symbolisent la multiplicité des stéréotypes féminins, de la demoiselle en détresse à la femme fatale, en passant par la sorcière avec ses nombreuses tisanes. Elle devient la présence féminine menaçante dans le monde exclusivement masculin d'Ambroise, et c'est donc à juste titre qu'elle périt dans ce monde masculin.

PHILIPPE ASHLEY

Philippe Ashley est le narrateur à la première personne de *Ma cousine Rachel,* et c'est à travers ses yeux que nous voyons se dérouler les événements tragiques de l'histoire. Philippe est modelé sur son cousin et tuteur Ambroise, qui est son idole et sa seule figure paternelle, puisqu'il est devenu orphelin à 18 mois. Philippe est le sosie d'Ambroise : « Je lui ressemble tellement que je pourrais être son fantôme. Mes yeux sont ses yeux » (p. 633). Leurs identités sont floues tout au long du texte, « il revivait en moi, répétant ses propres erreurs » (*ibid.*), car Philippe tombe amoureux de la même femme, Rachel, et la soupçonne également de l'empoisonner. Du Maurier décrit souvent leurs personnalités en tandem : « Nous étions des rêveurs, tous les deux, peu pratiques, réservés, pleins de grandes théories jamais mises à l'épreuve, et comme tous les rêveurs, endormis par le monde éveillé » (p. 634). Ayant grandi sans mère ni influence féminine d'aucune sorte, il porte sur les femmes la même méfiance et les mêmes stéréotypes que son cousin Ambroise. Il a lui-même une silhouette très masculine avec « de grands pieds, de grands bras et de grandes jambes, étalés et anguleux » (*ibid.*), à l'opposé de l'apparence diminuée de Rachel. L'histoire est racontée par Philippe après que les événements du roman se soient produits, et dès le début, il est rongé par la culpabilité de la mort de Rachel, dans laquelle il a joué un rôle puisqu'il l'a délibérément laissée se mettre en danger. En tant que narrateur à la première personne, Philippe n'est pas très fiable, d'autant plus que son point de vue sur Rachel et ses intentions à son égard changent constamment, ce qui signifie que le lecteur doit soigneusement distinguer la vérité des préjugés. Cependant, comme Philippe, le lecteur se demande si Philippe est le héros de l'histoire, ou s'il en est le véritable méchant, ayant laissé mourir une femme innocente à cause de ses propres insécurités.

AMBROISE ASHLEY

Ambroise Ashley est le cousin aîné et le tuteur de Philippe Ashley, le narrateur. Lorsque les parents de Philippe meurent, le laissant orphelin à l'âge de 18 mois, Ambroise a pitié de l'enfant et décide de l'élever comme le sien. Philippe considère Ambroise comme son « tuteur, père, frère, conseiller, en fait, [son] monde entier » (p. 631), et « le but de [sa] vie est de lui ressembler » (p. 632). Ambroise est décrit comme « voûté », avec « de longs bras, [...] des mains assez maladroites » et un « sourire soudain » (p. 633). Il est décrit comme un homme « timide », « excentrique » et « peu orthodoxe » (p. 636) qui se « méfie » (*ibid.*) des femmes et bannit de la maison toute influence féminine, comme la nounou de Philippe. Il se décrit lui-même comme «un cynique croulant qui déteste les femmes» (p. 638). Cependant, lorsqu'il rencontre Rachel, avec qui il partage la passion du jardinage, il tombe amoureux et l'épouse. Lorsqu'il tombe malade, il se méfie de Rachel et écrit à Philippe pour lui faire part de ses doutes. Bien qu'il soit révélé qu'Ambroise meurt d'une tumeur au cerveau, comme son père, un doute subsiste dans l'esprit du lecteur et de Philippe quant à savoir si c'est vraiment le cas. Dans le texte, Ambroise et Philippe sont considérés comme des sosies l'un de l'autre, non seulement ils se ressemblent («mes traits sont ses traits», p. 633), mais ils sont également condamnés à répéter leurs actions respectives.

NICK KENDALL

Nick Kendall est le parrain de Philippe, et après la mort d'Ambroise, il devient son tuteur légal qui a le contrôle de la succession d'Ambroise jusqu'à ce que Philippe ait 25 ans. Il est la voix de la raison dans l'histoire avec sa «manière simple et directe» (p. 634) de parler. Il est pondéré et rationnel, contrairement à Philippe, qu'il réprimande souvent parce qu'il est animé par un excès de sentiments. Par exemple, il avertit Philippe de ne pas transférer tous ses biens à Rachel et de ne pas être aveuglé par son amour pour elle. Les deux hommes s'affrontent après que Philippe ait offert à Rachel un collier de perles qui est un héritage familial, et bien que Nick soit un vieil ami de la famille, la relation entre Nick et Philippe est souvent complexe et pleine de ressentiment.

ANALYSE

LES FEMMES ET LA SEXUALITÉ
DANS *MA COUSINE RACHEL*

Publié en 1951, *My Cousin Rachel* est une exploration subtile des femmes et du modèle patriarcal de la féminité dans la société du milieu du XXe siècle. Ce n'est pas un hasard si Rachel, sexuellement expérimentée et autonome, est vue du point de vue de la peur et de l'inexpérience des hommes, sous la forme de la narration à la première personne de Philippe Ashley. L'obsession des rôles sexuels et de leur séparation est évidente dès le début du roman, alors que le méfiant Ambroise bannit toute influence féminine de sa maison de Cornouailles et élève Philippe avec ses vues misogynes des femmes.

Philippe se fait l'écho des vues de son tuteur lorsqu'il imagine Rachel, avant de la rencontrer, comme une vieille fille (« une créature amère, crabée et vieille », p. 685), une fille idiote (« une poupée gâtée irritable », *ibid.*) ou une menace déshumanisée (« une vipère, sinueuse et silencieuse », *ibid.*). Elle appartient au monde sensuel de l'Italie, exotique et différent. Le doute de Philippe quant à l'innocence ou à la culpabilité de la jeune femme reflète la perspective patriarcale polarisée de la femme, vierge innocente ou tentatrice coupable. Ce n'est pas une coïncidence si Philippe ne commence à croire qu'elle est coupable qu'après son 25e anniversaire, lorsqu'elle a des relations sexuelles avec lui et qu'elle refuse de l'épouser, comme le veut la société. Le fait que Rachel soit stérile après une fausse couche signifie que le sexe est pour elle un pur plaisir, plutôt qu'un moyen de reproduction, comme le veut la société. Le fait qu'il ne puisse pas la contrôler, puisqu'elle est une femme autonome et fortunée, ayant reçu la succession d'Ambroise, la transforme en une menace. La peur de l'indépendance et de la sexualité des femmes est omniprésente dans le texte, et même le titre « My Cousin Rachel » est une tentative de Philippe de posséder enfin la femme qui lui a toujours échappé.

L'exploration habile de la sexualité féminine et de ses ambiguïtés par Du Maurier pourrait être considérée comme étant enracinée dans sa propre sexualité ambiguë. Bien qu'elle ait été mariée à un officier de l'armée britannique, il est probable qu'elle ait eu des liaisons lesbiennes et l'on sait qu'elle s'est éprise de plusieurs femmes, dont la glamour Ellen Doubleday (1899-1978), qui était l'épouse de son éditeur. Plusieurs lettres révèlent son amour intense et non partagé pour cette femme, dont on pense qu'elle a inspiré Rachel. En fait, à l'instar de la juxtaposition de l'Italie et de la Cornouailles dans le roman pour représenter les mondes masculin et féminin, elle fait souvent référence à ses rencontres hétérosexuelles comme au « Caire » et à ses rencontres homosexuelles comme à « Venise » dans ses lettres. Son père a également souvent évoqué le souhait de Du Maurier de voir naître un garçon (Thorpe, 2007). Il est clair que, de la même manière que Rachel est contrainte et diabolisée pour sa sexualité ouverte et son autonomie dans le texte, du Maurier a ressenti une certaine forme de piège en tant que femme souhaitant la liberté d'être un homme dans un monde patriarcal.

L'UTILISATION PAR DU MAURIER DU DOUBLE *MY COUSIN RACHEL*

Dans *Ma cousine Rachel*, Du Maurier utilise le procédé gothique classique du double pour renforcer le suspense angoissant du texte. Le double le plus significatif du texte est celui du protagoniste, Philippe Ashley, et de son tuteur à long terme, Ambroise. Non seulement ces deux-là se ressemblent physiquement, au point que Philippe « pourrait être le fantôme d'Ambroise » (p. 633), mais Philippe répète aussi presque à la lettre les actions de son cousin. Comme Ambroise, il est inexpérimenté dans le monde des femmes, mais il tombe amoureux de Rachel. Lui aussi l'adore et souhaite l'épouser, mais il se retourne ensuite contre elle, croyant qu'elle l'empoisonne. Comme le dit Philippe au début du roman, « il revivait en moi, répétant ses propres erreurs, [il] attrapait la maladie une fois de plus » (*ibid*.). L'utilisation habile du double par Du Maurier transforme Ambroise en une présence fantomatique tout au long du texte, alors que son cousin l'anime et lui donne vie. Il est également clair, par exemple, que Rachel voit son mari en Philippe, et il est suggéré que cela fait partie de son attirance pour lui : « Ce n'était pas moi qu'elle voyait, mais Ambroise. Pas Philippe, mais un fantôme » (p. 634). Leurs identités sont floues tout au long du texte, et il n'est donc pas surprenant que les derniers mots de Rachel adressés à Philippe soient « Ambroise » (p. 847).

L'utilisation habile du double par Du Maurier est un archétype gothique, comme on peut le voir dans les textes gothiques classiques de la fin du XIXe siècle, notamment *The Curious Case of Dr Jekyll and Mr. Hyde* (1886) de Robert Louis Stevenson (écrivain écossais, 1850-1894) et *The Picture of Dorian Gray* (1890) d'Oscar Wilde (écrivain irlandais, 1854-1900). Alors que l'utilisation du dédoublement avait perdu de sa popularité au 20e siècle, du Maurier la réintroduit avec brio, non seulement dans *Ma cousine Rachel,* mais aussi dans ses textes antérieurs, notamment *Le Bouc émissaire* (1957), dans lequel un Anglais, John, vit la vie de son propre double français, Jean, un Français vif et peu recommandable. En fait, du Maurier elle-même avait un double. Elle s'est inventé un alter ego masculin appelé Eric Avon, qui vivait ses propres fantasmes de garçon avec plus de liberté, d'audace et d'aventure qu'elle ne pourrait jamais avoir en tant que femme. Dans une lettre à Maureen Baker-Munton, datée du 4 Juillet 1957, du Maurier explique son utilisation du double :

« Nous [du Maurier et son mari] sommes tous deux des doubles. Comme tout le monde. Chacun d'entre nous a son côté sombre. Lequel doit vaincre l'autre ? C'est le but du livre [Le Bouc émissaire]. Et il se termine, comme vous le savez, avec le problème non résolu. Sauf que la suggestion, lorsque je l'ai terminé, était que les deux côtés de la nature de l'homme devaient fusionner pour donner naissance à un troisième, bien équilibré. Connais-toi toi-même. » (Buzwell, 2016)

Cependant, c'est peut-être le rôle double et contradic-toire de Rachel dans le texte, à la fois empoisonneuse et femme aimante qui soigne Philippe, qui constitue l'utili-sation la plus intéressante du dédoublement. De même qu'il y a deux façons d'interpréter les actions de Rachel, Philippe aussi peut être vu soit comme un tueur, laissant sa cousine innocente tomber du pont, soit comme un juste vengeur de la mort d'Ambroise. En laissant ces aspects du texte en suspens, Du Maurier démontre que, souvent, la caractérisation d'une personne n'est pas simple. Il ne s'agit pas simplement de savoir qui est inno-cent et qui est coupable. Il semble que tout le monde dans *Ma cousine Rachel* soit coupable d'une manière ou d'une autre. Comme le dit Du Maurier dans sa lettre, « Chacun de nous a son côté sombre », et c'est ce double qui nous hante.

QUELQUES QUESTIONS À MÉDITER...

- « Rachel était-elle innocente ou coupable ? » (p. 633). Qui est le véritable méchant de *Ma cousine Rachel* ?
- Discutez de l'utilisation que fait Du Maurier du décor, en particulier du contraste entre Florence et les Cornouailles, dans *Ma cousine Rachel*.
- Dans quelle mesure Philippe Ashley est-il un narrateur peu fiable dans *Ma cousine Rachel* ?
- Discutez du thème de la possession dans *Ma cousine Rachel*.
- Discutez de la façon dont l'adaptation cinématographique de 1952 d'Alfred Hitchcock et l'adaptation de 2017 de *Ma cousine Rachel* de Roger Michell diffèrent dans leur présentation de Rachel.
- Discutez si oui ou non *Ma cousine Rachel* peut être considérée comme un récit féministe sur l'émancipation féminine.
- « Voyez ce qu'un moment de passion peut apporter à un compagnon » (p. 631). Dans quelle mesure Ambroise et Philippe sont-ils tous deux victimes de leurs propres émotions ?

AUTRES LECTURES

EDITION DE RÉFÉRENCE

- du Maurier, D. (1981) *Four Great Cornish Novels : Jamaica Inn, Rebecca, Frenchman's Creek, Ma cousine Rachel.* Londres : Victor Gollancz Ltd.

ÉTUDES DE RÉFÉRENCE

- Buzwell, G. (2016) Discovering Literature : 20th Century. *British Library.* [En ligne]. [Consulté le 14 décembre 2018]. Disponible à l'adresse suivante : <https://www.bl.uk/20th-century-literature/articles/daphne-du-maurier-and-the-gothic-tradition>
- Thorpe, V. (2007) Du Maurier's lesbian loves on film. *The Guardian.* [En ligne]. [Consulté le 14 décembre 2018]. Disponible sur : <https://www.theguardian.com/uk/2007/feb/11/books.media>

ADAPTATIONS

- *Ma cousine Rachel.* (1952) [Film]. Alfred Hitchcock. Réalisateur. États-Unis : 20th Century Fox.
- *Ma cousine Rachel.* (2017) [Film]. Roger Mitchell. Réalisateur. Royaume-Uni/États-Unis : Fox Searchlight Pictures.

Votre avis nous intéresse !
Laissez un commentaire sur le site de votre librairie en ligne
et partagez vos coups de cœur sur les réseaux sociaux !

lePetitLittéraire.fr

- des analyses de livres
- des fiches de lectures
- des commentaires littéraires
- des questionnaires de lecture
- des résumés

**Retrouvez
notre offre complète sur
lePetitLittéraire.fr**

ISBN version numérique : 9782808684682
ISBN version papier : 9782808685481
Dépôt légal : D/2023/12603/1048

Conception numérique : Primento,
le partenaire numérique des éditeurs.